A
PEN

stupéfiante

épines   diablesse

ricane   araignée

pénible

effrayant

repoussante

bouses   papiers gras

pestilentielle   pustuleux

...ise   acérées

sorcière   horriblement

méchante   laideur   agressif

...e

effroyablement   puant   Poubelle

...olère   atroce.

affreuses

nauséabondes   terrifiant

...naises   crapauds

disputèrent

POUR VICTOR !

© Kaléidoscope 2002
Loi n° 49.956 du 16 juillet 1949 sur les publications
destinées à la jeunesse : septembre 2002
Dépôt légal : septembre 2002
Imprimé à I.F.C. 18390 Saint-Germain-du-Puy
N° d'imprimeur : 02/704

www.editions-kaleidoscope.com
Diffusion l'école des loisirs

Geoffroy de Pennart

Vèzmô la sorcière

kaléidoscope

DANGER

Au plus profond de la forêt,
il est un endroit effrayant.

Les arbres y sont sombres, rabougris et couverts d'épines acérées.

L'odeur y est pestilentielle.

C'est le domaine
d'une abominable sorcière.
Elle est méchante et capricieuse.

Son seul compagnon est un chien hideux,
couvert de champignons, nommé Poubelle.

Il est vilain et teigneux.

La sorcière témoigne son affection à Poubelle en lui bottant
régulièrement l'arrière-train

et celui-ci lui montre sa gratitude en lui mordant les mollets avec ardeur.

Selon son humeur, la sorcière change les animaux
qui s'aventurent sur son territoire...

...en serpents ou en crapauds, en cafards ou en punaises…
…les fleurs en bouses nauséabondes... et les papillons en papiers gras.

Un jour, au détour d'un chemin, elle tombe sur un prince
d'une beauté stupéfiante.

"Formidable ! J'adore transformer les belles choses…
Mais, ma parole, il pleure…"

"Il y a quatre causes à ma peine", commence le prince.

"J'ai trouvé ! ricane la sorcière. Cafard gluant ! Il ferait un parfait cafard !"

Le prince continue : "La première cause, qui n'est pas la moindre, est due à la douleur qu'infligent à mon séant princier les mâchoires de votre animal puant."
"Il parle une autre langue ! Hum, en serpent visqueux il serait mieux."

"Je dis que votre chien me mord les fesses et que ça fait mal !"

La sorcière est un peu vexée.
"Non, je vais plutôt en faire un crapaud pustuleux."

Sans broncher, le prince poursuit.
"La deuxième cause à ma tristesse, c'est que je n'ai pas la plus petite idée
de l'endroit où je me trouve. Je suis bel et bien perdu."

"PERDU ! HA ! MAIS NON, TU N'ES PAS PERDU !
TU ES DEVANT VÈZMÔ, LA SORCIÈRE !
Bon, maintenant dis moi vite les autres causes de ton chagrin...

...car j'ai une grande envie de commencer ta transformation."
" Je ne peux pas les dire, madame Vèzmô.
Je crains que cela ne vous mette en colère."

"Il commence à m'agacer, celui-là ! Une araignée enrhumée.
Voilà en quoi je vais te changer."

"La trois... troisième cau.. cause.. c...'est, c'est votre
épouvantable laideur et votre odeur repoussante, madame Vèzmô.
Votre présence est extrêmement pénible à supporter."

"Ainsi, beau prince, je ne suis pas assez belle pour toi...
et que dirais-tu d'un petit bisou ?"
"Non ! Pitié madame Vèzmô ! Changez moi en serpent, en cafard,
en crapaud, en araignée, comme il vous plaira,
mais pas de bisou, je vous en supplie..."

"Ah… je ne résiste pas",
et la sorcière gratifie le prince d'un baiser baveux à souhait.

POUIF ! En un clin d'œil le beau prince est devenu un horrible sorcier.
"Génial ! Le charme est rompu !
Merci, exquise diablesse !
Je me présente : Grûmo, redoutable enchanteur. Il y a quelque temps, une stupide fée m'a changé par surprise en prince charmant. C'était d'ailleurs la quatrième – et plus profonde – raison de ma tristesse…"

"Enfer ! Grûmo, que tu es laid !
Tes guenilles exhalent une délicieuse puanteur !"
"Par tous les diables, Vèzmô, tu es la personne
la plus monstrueuse qu'il m'ait été donné de
rencontrer ! Ton parfum est plus doux que celui
d'un putois malade ! Accepte d'être ma femme
et je t'offrirai toutes les choses les plus affreuses
que tu pourras désirer !"

Ils se marièrent et passèrent leurs journées à se disputer. Au plus profond de la forêt se trouve leur domaine terrifiant. Les arbres y sont sombres, rabougris et couverts d'épines acérées. Quant à l'odeur...

redoutable   enchanteur   sou

Grûmo   mordant   baveux   surprise

vexée   rabougr

Enfer

arrière-train   stupide   champignor

ruse   visqueux

vilain

gluant   laid

abominable   cafards   guenilles

puanteur   de

Vèzmô   monstrueuse   diables

enrhumée

malade   teigneuse

putois

épouvantable   serpents

hideux